Xiron Poetry Club
磨 铁 读 诗 会

中国
桂冠
诗丛

Talked about Geniuses before Dusk

Xu Jiang

黄昏前说起天才

徐江 著

四川文艺出版社

目录

| 我们自己的妈妈 |

| 跋 |

| 半首朗诵诗 |

当代人

而我们算什么
在黑灯瞎火的地方
站着，宛若风中禾束
甚至夜禽也不来光顾
任由我们这样站着
站着
那我们究竟是什么

手中漏出的字
湿淋淋带着颜色
在地上
脚与脚之间奔突
联想——那位夕阳
在岸边起身
离开斑驳的荷舟

我们的脸被遮盖
只有鼻、目露出
去接从外地赶来的风和光

我们浑圆降起的头顶上

百合花在舞

马齿菜在舞

弟弟妹妹

在哭

而我们就这样站着

在黑咕隆咚的宫殿里

想自己，究竟

是个什么

1988

猪泪

听过猪叫，见过猪跑
也吃肉，我没有见过
猪泪

一周前，在四号路市场
看见卖熟食的桌案上
有什么东西闪光
走近才知道，一个猪头
眼眶下有两道冰痕

它们透明着
一点不像冻住的泪水
也怪，熟得发白的猪脸
冰痕像泪水流淌
那时路灯
天哪，路灯是那么暗
甚至比不上
一瞥间我头顶的星星
夜晚，我看见猪泪流淌

而我不是

一个素食主义者

那一瞬，我走了过去

我想

也许有什么出了错

1996

侯马和他的杨树

1

有一回

我们一起到西安

看望久违的伊沙夫妇

六月那几天

电视里正踢欧洲杯

我们坐在客厅

看球　用手推一推

童车里欲睡的小伦伦

一边聊着写作

和各自生活上的

趣事儿

糟心事儿

西安夏夜的风凉爽

我们在心底

对主人的宁静生活

羡慕不已

2

清晨　屋里一派宁静

主人还在梦乡

从客厅能听到伦伦

一两声短啼

不久又归于岑寂

侯马已起床

我们就着阳台射入的

青亮天光

读伊沙家中的诗集

然后试着像大学那样

写同题诗

3

"就写杨树吧"　侯马说

我们在各自面前的纸上写下

——杨树

接着陷入沉默

过了十来分钟

我率先认输　侯马

跟着也承认

这题目难倒了自己

我俩笑笑　感慨着

少年时的游戏难以重复

并把这事笑着说给

刚起来的伊沙和老 G

天已大亮

4

时已秋天

在南开

晚上　我出门去楼后

打公用电话

校园里　蟋蟀声扑面

能嗅见草木的湿

路灯下军训的大学新生走着

他们散了操　少女和男孩

喧哗着他们白天的压抑　身后

新开湖在月色下闪光

能远远瞥见湖畔

有一排杨树缄默在阴影里

5

止住步　眺望树们

夜幕在它们身后舒展开来

依稀有风在黑暗中掠过

杨树的冠顶　令人

略有一丝惊诧

一丝悔恨

惭愧

我已许久未瞩目这平凡的神奇

月色与阴影

夜树静穆　灿烂

6

回家上楼时

又想起了那首同题诗

侯马　和他的"杨树"

那是个好题目

我们大学时的游戏

仍可以继续

只不过你要以

另一种心情说出答案

有时　也许慢一些
但你得等　耐心地
等上天那一道瑰丽的彩虹
划过内心的晦暗

7
现在　侯马
我交上我的杨树
虽然晚些
虽然它从西安
一直长到了天津
但它——毕竟是
一棵杨树呵

1997 | 夏　初稿
2014 | 夏　修改

碎片

我走进我自己的诗中，一下子被碎镜片发出的光晃疼了眼睛。它们东一处、西一处，在各自的角落里骄傲地挥舞自己的光。

它们来自夜，来自青春，来自公交车，来自一只在窗台边缘跌倒的鸟。它们用我的嗓音低语。戴我的眼镜打量世界。累了，它们从我的烟盒中取出一支点上。

但它们是我吗？是这个战战兢兢、对一切心怀疑虑的我吗？

我为什么不能像我羡慕的那些在冰场旋舞的人？呵，他们歌唱——

2000

想象（IMAGINE）

想象没有天堂
如果你试的话这会很容易

想象他们没丢掉一切
初衷　坚信　新鲜
在这个夏天或那个春天之前

想象美好时光从不趋于微黯
我一直在你里面

想象小熊微笑
海豚在深海依偎母亲
想象铁匠学会打造镣铐的那个雨天

想象杯子
清澈与肮脏一念之间

想象地狱
尽管它在你心里没有　但想想

想想审判铃突起的某个瞬间

拿掉所有合唱里的高音
擦掉每一只镜片上的水渍

浑浊的泪让我们干净
我也说这从不是孤立无援
举手投足　时空浩瀚

你可以选择不加入这个行列
如果试　这会很容易

但你心底的哭泣我能听见
它和我的并无不同
所以我说还是相信想象吧

相信夜幕下奔跑的善良
因为完美的世界终会出现在你我眼前

2001

我

　　在候车大厅里撞见另一个我了。比我穿着的这一个我要高。头发有些黄，还有些稀（这个略有区别），面色劳碌，但他脸上的茫然，我想我是有的。他要去哪里呢？

　　带着我的茫然，种族的黄色，人的劳碌。

2002

柯索

20 岁我读他

21 岁我再读

今年

我 36

许多事都不一样了

许多清澈

正在我眼里浑浊

许多浑浊

我能看到它清澈

救火车每天在街上

咬报纸

以下感受是不变的——

我信有天使在我的屋顶上飞翔

2003

聊到卢梭

在朋友家的画布上
看到卢梭作品的临摹
苍莽的绿氤氲着
雨林的灿烂和湿意

关于卢梭
我这个外行总有许多话可说
他画的儿童像大人
大人像孩子

我最喜欢的是
《日落的森林风光》
落下去的太阳
在非洲也那么通红

豹子无声
扑倒了黑人

2003

阿迅一族

开出租的鲁迅

卖报纸的鲁迅

写诗的鲁迅

在电视台当主持人的鲁迅

研究了鲁迅半辈子的鲁迅

失业的鲁迅

每周集体去郊外

爬一次山的鲁迅

半夜上网的鲁迅

梦想着青春诗会或鲁迅文学奖的鲁迅

卖笑的鲁迅

1 米 92 的鲁迅

女鲁迅

长六趾的鲁迅

留莫希干头的鲁迅

不停摁响门铃

派送超市清单的鲁迅

骂鲁迅的鲁迅

美丑胖瘦

不一而足的鲁迅

还有
吾家门前一棵鲁迅
门后还是一棵鲁迅

2004

那一瞬的丧魂

告别宴前
给母亲打电话问安
没喝酒的我
忽然就怎么都拨不对
母亲家的电话了
余下的半天
我神色坦然
心如死灰

这一切延续到下午
我终于在同伴聚谈的间歇
悄然拨通

世事苍茫呵
谁敢说你与亲人
心意相连

2006

自我介绍

下面将要出场的这位诗人
在过去二十年
创作生涯里

始终努力着
不像你们知道的
任何一位中国诗人那样

甚至
不像你们熟悉的
任何一个中国人那样

去写作
和思考
他怀疑任何洪亮的声音

也怀疑所有卑贱的声音
警惕地监控
每个阶段的自己

所以

不管是否太晚

请祝我生日快乐

2007

自深处

总是差一点就忘了
但又一再想起

那是在北京
赶乘久违的早班地铁
闲散惯的我
发现自己已很不适应
丧心病狂的拥挤

先是那种一再被推进来
又拥出去的
在人海里
无望漂浮的感觉
后是站在缓缓上升的
阶梯式电梯上
仰望前面人群背影再俯瞰
后面人群头顶的窒息感

这些狼狈而满足的

活在超级大城的人

此刻有没有想过

脚下这电梯

是从地狱升起的

2007

半首朗诵诗

在黄昏临近时
写一首模仿之诗
夕阳下的空气温暖
天地昏黄宛如
沙尘暴驾临金秋
我忘了我声音的原样
和第一个召唤我的声音
所有第二位第三位的声音

现在请让我喝一口水开始说
艾略特是伟大的因为他
辨认着戒律且呼吁遵守它
金斯堡是伟大的因为他藐视戒律
并对另外一些不成形的戒律卑躬屈膝
同时歌颂了手淫和母亲
布考斯基是伟大的因为他更粗鄙
并从这里出发走向了真正的高贵

王维是伟大的因为他没有比陶渊明更加伟大

李白因为杜甫的崇拜而伟大

杜甫伟大因为在漫长的岁月里一度没什么人

选他的诗还想把他从唐朝驱逐出去

李商隐是伟大的因为他朴实地

把《锦瑟》放在了诗集的第一首

屈原是伟大的因为我们吃着粽子而顾不上

他的委屈和诗

苏东坡伟大是因为他的啸他的傲他的铁砧把句子敲出

银质的润泽还有街边那些酒楼附会的红烧肉

普希金伟大因为他歧视自己的阶级而且让一些

仇恨这种歧视的人厚颜无耻地崇拜

歌德是伟大的因为他老奸巨猾小心翼翼在泥流中

没有弄脏自己贴身的内衣他的诗心

聂鲁达是伟大的因为他多变幼稚却没有像马雅可夫斯
　　基那样

死在独裁者的阵营里他为自己选对了死

鲁勃佐夫是伟大的歌手没有死于酒但死于老婆的擀
　　面杖

他让一阙抒情变得雄浑粗壮起来

雅姆·艾吕雅、普雷维尔是伟大的

他们曾让我初近诗歌的天空
充满了金子一样富足的华彩

帕拉、索列斯库是伟大的因为他们是另外的伊沙
傅立特是伟大的因为他平静的口语更嚣张和挑衅
策兰是伟大的因为他让北岛和家新吵
其实他可能比他们吵得还要略微伟大
但这不等于说他就比巴赫曼·汉特克高级
诗歌史是伟大的因为同样伟大的名字你不可能数清
而且那些伟大的私生子还在源源不断地被生出来
诗人也只能是语言的私生子
他们像卡通片里的宝宝让观众看着别扭但看看也就习惯了
更伟大的是诗歌虽然高高在上它却只是文学的一部分
文明的一小角智慧和昏聩的寄居壳

你不会一下子看到花甚至有人死上八辈子也照样看不到
我说的是他们这些人这些世界只要他们还有一天心无和谐

2009

| 黄昏前说起天才 |

马脸

我想
我也可以来写一写马脸
当我看到一位美籍华裔诗人的诗题后
忽然生出这样的念头

当然不是他写的那个乏味话题
我指的是鲍里斯·帕斯捷尔纳克
我二十一岁看到照片和插图中他那张脸时
内心甚感惊讶

那么多兼具温柔和力量的诗句
怎么会出自一张马脸之手
那张脸从黑暗中浮出来
有点惊愕、怀疑、恼怒

却又背靠宁静
"那是一张阿拉伯种马的脸"
他同时代的文人好像有过这种回忆
而我所想要强调的是它背后的黑暗背景

以及宁静

以及要从黑暗中

把你的表情浮出来

2011

为痛风的恐惧而作

痛风就是
从此跟好吃的告别
稍不注意就要坐上轮椅
早早扮演孔明先生

所以
别了，螃蟹
别了，带鱼
三文鱼
黄花鱼
大虾
（包括小河虾）

别了，扇贝
生蚝
麻蛤青蛤
别了，蘑菇
各种蘑菇
毒蘑菇

（虽然从来不吃

但也还是一起别了）

别了，羊肉泡

牛肉面

肉汤

鸡汤

麻婆豆腐

菠菜

以及并不好吃的菜花

别了，喜力啤酒

百威、嘉士伯

雪花，自酿黑啤

以及一应纯生

别了，龙井

碧螺春

别了，内脏、骨髓

所有的海味

鸭、鹅、鸽

别了，绍兴酒

别了，鱿鱼、芦笋

挚爱的咖啡

哪怕没有"蓝山"

也请你还给我

别了，伟大的

过量食用的那一部分盐

别了，为所欲为的欢乐

而此刻，另一种为所欲为

在我大脑的原野上展开

那些威武的队列

在阳光下盔甲鲜明

它们都是吃的呀

现在你看

它们在阵地前

起劲地对我挑衅

然后潮水般退却

抛下可怜的战利品

一两根圣洁的海带

2012

闲话

有一阵
或老
或小
的声道里
都爱重复一句
小得意的话
——谁也没闲着

是
"谁也没闲着"
妓女站街
骗子赶场
气象错报
火葬场的鼓风机
换了仨

2012

希默斯·黑内 [1]

在加班的间歇看到这个人的死讯

说是今天

考虑读时午夜已过

应该说——昨天

更准

希默斯·黑内

早先我叫他"希内"

决不接受他们叫他"希尼"

每一个诗人离去的时分

烛火熄灭

大星在黑色天幕上晃了晃

然后稳下来

那是死

让新的人重新读起了诗

持久付出血汗

---

1 希默斯·黑内（Seamus Heaney，1939—2013），爱尔兰诗人，名字也被译作谢默斯·希尼，1995 年获诺贝尔文学奖。

然后缓慢地
挪进空出的位子

当蝉声被蟋蟀取代
熏风开始把图章移交给凉爽
希默斯·黑内不再
名望不再
走狗不再
第三世界吸血的牛虻不再
贝尔法斯特的枪声不再
乔伊斯笔下勃鲁姆的猪腰子在
诗在

所以　上苍
请把一代代大师收去
正如你曾温柔地
送他们来

2013

通往胸科医院食堂的过道

砖混老楼

常年掩映在它自身的阴影下

此刻冰冷

盛夏它是凉爽的

站在狭窄的过道

越过昏暗的两层楼

向上眺望

光亮一点点从更高处射下来

顺着墙壁爬上去

就有一点儿希望

像凡·高《囚犯放风》的画

和讲述纳粹时代

南欧游击队的老电影

地下工作者

在过道窜来窜去

有的倒下

有的躥远

把自己和时间变成影子

渗进墙

我想说

你必须随时缅怀并记住

绝望里

那一丝迷人的光

2013

此岸

网页边上
浮现的
诗人照片里
有几位故去了
但他们在那里
笑啊
用生前
大家很少见到的
表情

2014

星期三午后一点零五分

这么好的阳光

这么撩人的微风

这么一个靠近西面和南面的采光房间

如果是平时

如果屋子里住的是一个画家

那么他或许就会干点什么吧

比如从熟睡的模特儿身边起身

奔向窗台

随便抄起一支笔

飞快往画布上

画了一双拐

2014

秋分

这是一年中

奇特的日子

秋天分开了岔路

一条向着过去

一条通往未来

一年把剩下的五分之二

递到猫、狗、人

递到树和草

云和烟，水和风

……万物的

嘴边

2015

死人

在死者的眼底
夜色是什么样的
楼群在水洼里的倒影
新一轮的秋天
睫毛固执地遮挡着
胡子还在冷硬地
试图从残存的领地里
长出一些

码头在不远处
从来没有海鸥
从来没有
蓝绿色水域
已经很多年没有鱼
已经很多年
阳光照在浑水上
照出金色

死人挣脱开肉体

挣脱疼痛死人

站着死人

飞着死人

在路灯上死人

在交通摄像头上死人

在听蟋蟀声大起来死人

在盯着空中的网络电波死人

一点点由红变黄变绿变蓝

死人

把半只月亮

半只太阳

徒劳地

往一起拼

2015

英雄诗篇 2

我赞美那被撕碎的

被凌辱的

活埋的

肢解的

饿毙的

……

所有在懦弱、无措中死去的死者

那些骗子从不说你们是英雄

你们不是吗

这么大无畏

吞咽着自己面前

冰冷的悲意

2015

布鲁塞尔挽歌

机场关闭

航班取消

鸽子在欧洲的胸腔碎裂

安检走过来

捏我的口袋

他捏到润喉糖

这农家出身

脸上长痘的小伙

神情严峻

上回是一个肤色白净的姑娘

一面和同行嬉戏

一面认真捏一下每个乘客的裤管

劲道之足

就像她曾经发过誓

要借某一两次的不经意

去捏碎那些

运气不好的睾丸

这是在天津

我居住的城市

如果需要

你当然可以换成

你住的休斯敦

约翰内斯堡

只是大脑的沟回不变

里面液体在惊跑

窗外是枪声、巨响

平时在影院见识

此刻它们是真的

就像在回应几个月前

蘑菇云在塘沽升起

楼群震动

浓烟把阳台

朝向人马座的

望远镜筒吞噬

肉体膨化

你不见的那些羽毛

猝然四散扬起

流亡的毛发射向马路对面

它们跟碎砖、尘土比赛

看谁能更快陨落回宁寂

这么快就没有新闻了

电视在滚动播出

新一轮真人秀

把视线推向新的惊讶

新的失落

新的疲惫的一天

所有城市的路沉沉睡去

它们不再醒来

醒来的是道路的婴儿

天天如此

只有想象中的睾丸

继续被残忍地嬉闹着捏动

有的脸蒙着黑色丝巾

有的手臂戴着红色袖标

布鲁塞尔的黑烟与警铃

同时升起

伟大的梅格雷探长

没有人能惊起

他书里的长眠

要是谁能叫下他就好了

哪怕那个儿童雕塑

从基座上走下来

掏出小小的阴茎

对准探长的脸

好了

不管罪犯来自中东还是纽约

疲惫的侦探醒来

他在小说里

替我们解决

快没有报纸了

布鲁塞尔国际机场

双流国际机场

快没有出租车了

布鲁塞尔大广场

俄罗斯红场

快没有行人了

布鲁塞尔地铁

黄浦江外滩

深圳的世界之窗

就要没路可逃

布鲁塞尔中央车站

河内法租界街心公园

兰州黄河大桥

就快要没有人能够

在阳光和阴影的交接地带

幸福地孤独死去

布鲁塞尔圣米歇尔圣古都勒大教堂

天津老西开教堂

哈尔滨圣索菲亚

救火车在往天上疯开

它说它看见了那些鬼

他们一直在赢

现在

让我跟无数个我

对遥远和身边的布鲁塞尔一起说

我们活着

无数次看见倒塌

我们不停重建

2016

排队

生于 20 世纪 60 年代
我们都有过
秋天里提篮拎筐
在粮店外排长队
等着买按人口配售
红薯的经历

那两三列的长队里
几乎每一个行列
都会有班上的同学
但排队的时候
一些人不再说话
他们只默默地排队
好像从不认识

2016

眠

我睡着了
月光在外面空地上
无声跳着舞
抚摸她自己

2016

台词

出色的台词
是活出来的
或者也可以这么讲

是疼出来的

2016

诗人

关于巴勃罗·聂鲁达
已经有了两部电影
一部中，他被追捕
一部里，他在流亡

2016

海上疑云

游船停靠港口
旅客们跑到
艳阳下的陆地
去松松腿脚
大侦探在船员引领下
研究尸体上的匕首
我偷跑出来
写两句诗

2016

祈

让我们一起
按下手中的遥控器
把这星球四周的战斗机
都变成蜻蜓吧

2016

梦里

我试着在星空下吹口哨

声音却先于我唇位的动作

破空而出吓了我一跳

松针上厚厚的积雪

绵密无声地落下

速度像沙漏

别的雪时断时续

又好像正源源赶来

我和空中某处打下来的追光一道

朝雪谷纵深处滑去

偶尔从胸前佩戴的微型监视器上

看一眼自己滑行的背影

这是一个追光照亮着的

深蓝下的白色世界

间或掺杂了一些黑黢黢的绿色

路两旁有时会掠过人群

就跟各种拉力赛越野赛路边的一模一样

我记得最后穿过的依稀是一片灯火下的闹市

人们穿着夏装在放鞭炮庆贺节日

那一刻我在奇怪

他们把春天就这么忽略了吗

2016

脉动

我坐在关了的电视对面
往里看
像看一部黑幕电影
我看到自己更暗的轮廓
它像一面墨制的镜子
而我在里面演着默片
沉闷的长镜头
血液的脉动
有时会引发身体和视线
不为人觉地抖颤
那时镜面和银幕
也会有一定波动
那会不会是我在看一盆
竖起来的水
或者我当年常去的
某大学的一个湖
它无限缩小成一个方块
然后走进客厅
在我的对面竖起来

当我看它的一瞬

所有的鱼、草和浮游消失

绿被收拢、石化成为夜

所有的水在徐江面前

都贴墙站立起来

我看着它里面的反光说

看！要有光

2016

时光

"我希望记录下那孩子最后的时光。"

说话人是上帝，正看着盆里一只转动的蓝色星球。

2016

纪念日

我花了一千天
稀释一杯血水
又用了将近一万天
把它做成熬夜的咖啡

2017

一代人

新一代的艺人们
在电视上耍嘴皮子
他们说的绕口令
依然是三十年
甚至五十年之前的
有的甚至可能还沾着
那么一点儿血腥
但是他们无知无觉地耍着
观众无知无觉地
听着笑着鼓着掌
包括那些用生命和血泪
献祭过的老年观众

2017

寒衣节的前两天

他们早早就在各个路口

点燃冥币和装裱

一簇簇旺火

夜色下沿路排去

像电影里机场停电后

迎接降落的跑道

有人弯下腰

拨弄地下的火团

那时又像极了灾区的居民

在避难所颠锅

炒一道回锅肉

2017

表扬

每次听人表扬我
我会觉得不自在
不是因为对方表扬我
而是有时对方表扬的方向
让我感觉自己
成了自己的敌人

2017

从来

"某作者从来就不是一个纯粹的人"
在说出这句话时我突然发现了自己的口误
我想表达的原意其实是——
"某作者就不是一个纯粹的诗人"
这说明在我的潜意识里
我把"诗人"直接等同于了
"人"

2017

郁结

一个有这么多郁结的人
怎么能写诗呢
诗歌又不是教堂的告解室
也不是心理医生的唠叨病床
文学不是用来解决这些的
但在这个时代
许多人坚定地选择了这个
他们在自己攀缘悬崖的途中
用小刀不停地割着
上面垂下的绳子

2017

俄苏文学

中国作家

爱学俄苏文学

学会了拖泥带水

代言时代

说教

学不会直视

生活的残忍

学不会面对群魔

心如磐石

学会的是

在漫天雾霾的

"现代社会"

农具和庄稼

迟迟不肯退场

2017

我

我常常对着诗
自说自话

诗看着我
把嘴一撇

又一页翻过去了

2017

诗

他总是时不时想着
空间
空间
空间

雪花
飘了下来

2017

容易

读一首好诗
如果你想偷懒
它们太容易像
一首坏诗了

2017

研讨

差诗人
爱以伪直
邀愚蠢之宠

2017

行路

寸步难行
所以寸步
皆是诗

2017

黄昏前说起天才

和诗人李伟
聊电影《天才捕手》
里面三位伟大的小说家
我们都更喜欢
海明威的那个形象
他聊文学的口吻
像我们日常聊诗
当然这也不影响
我们对酒鬼菲茨杰拉德
和现代诗意的缔造者
托马斯·沃尔夫的敬意
后者两米左右的个头儿
比扮演者裘德·洛高了不少
美国邪恶版的普鲁斯特
把熟人真名也写进了小说
气得家乡人和他打官司
这个年轻俊朗的巨人
找不到适合的桌子
只好伏在冰箱上写

死后找不到适合的棺材
被人把两条腿折断
塞进小一号的棺材
可是你看
大风过后的天空多蓝
我们抽剩下的半支烟

2017

卡夫卡王国

没有一本被毙掉的书稿
可以申辩
因为每个编辑打电话过去
听到的都是忙音

2017

甘泉

我始终记得七岁那年
在小学做过卫生值日的我们
偷偷跑到操场边的压把井前
去喝那些用脏水抽引出来的地下水
那水太甜了
甜到我今天都没想起
那个下午的天气

2017

系统工程

他们把马路缝上
再切开
他们把马路的肠子
割掉一段
再换上新的

他们再切开
割掉
再缝上
他们把马路
他们把儿童
他们把青年

现在他们回头
看到那些老人了
哦那些脑袋
那些脑袋上不同时代
被拉开再拉上的拉锁

2017

凌晨

我记得夜班车过后的那种静
地反着光
像洒过水
还有年轻人的哭声
像狗一样绝望地嚎着
在铁砧般的岁月面前

2017

隐约的幻觉

有人拿我被抽走的那七管血
做了七块血豆腐

2017

世界杯

我阳台上
一直静静地
待着一只足球
从我第一次腿受伤
它就那样静静地待着
没对我笑过一次

2018

时代面前的作家

——作家是代言时代的

——No

——作家是质疑时代的

——No！

——作家是不跟时代玩儿的

——那你还啰唆什么

2018

诗与译

口语最难译
需要译出
每条鱼的
"腥味儿"

2018

我

梦见自己游泳
四周都是冰块儿
一样的汉字

2018

光影列车

回想自己第一次

注意霾之类的东西

是在 80 年代的北京火车站

阳光从候车大厅的高窗

一道道照进来

光柱映衬出明暗处

那些比灰尘还小的颗粒

翻滚舞蹈

上下飘浮

动作慢得

像是在水中沉浮

我穿着一件砖红色棉服

候在检票口的人丛中

再过一刻钟

那列通往命运

下一个节点的慢车

就要往里放人了

2018

红豆黑豆

我知道两个毕肖普

一个是美国诗人

修辞爱好者

普利策奖获得者

玛丽安·摩尔才华低一档半的

荣誉继承者

（可能还是个同性恋

谁关心这个呢）

另一个是德国人

小长脸瘦子

党卫军军官

冷酷、机械

有点儿蠢

他出自一部前南斯拉夫

伟大的战争电影

这些年

这两个人偶尔

在我的记忆铁锅里

像一枚红豆和一枚黑豆

炒来

炒去

他们没什么意义

或者依我说

我们人生中一些东西

存在的

已逝的

虚构的

炒来炒去也是一种意义

2018

犊子们

其实作家们
更像狗
我说的是
正经作家
那些行业里的大师
他们作为狗
不可能在超市和广场附近闲逛
一定是在穷街陋巷
比如天津或东北的某个
国营大厂废弃的
等待房地产商接管的
寂静的厂房或附属居民楼附近
一条脏乎乎的黄狗
一条看不出脏净的黑狗
在楼角不期而遇
他们互不顺眼
号叫着胡乱咬了两口
就各自滚犊子了
滚进他们的文字

2018

挽菲利普·罗斯

惭愧
我也终于到了
时不时哀悼
年轻时偶像的岁数

一个作家
怎样能让人记住
你做得足够好
年轻时写一段
淋漓尽致的手淫岁月
临到老了
写给更老的父亲
冲马桶
粪便溅上自己的脸

作家、政治爱好者们
在小说里鬼鬼祟祟
包括鬼鬼祟祟狼狈收场的
青春爱情

它们都被黑孩子

面对高更画册的

那一声赞叹

照得迷人起来了

"这就是生活！"

是啊老兄

所有活着

死了的老兄

你们看到的世界

有多恶心

你们老实写下的内心

就有多辉煌

这也是

"该死的生活"

2018

白鲸

高铁空旷的站台
一只喝醉的小白鲸冲了进来
瞬间把空间挤满
在完成这之前
它先羞涩地模仿了一声
内燃机车的叫

2018

六月

火焰在第五天来临
伴着医院门口狂舞的高杨和低龄梧桐
踩充电平衡车的中年人
无声从我身边掠过
消失在门外
下午心照不宣
张开小嘴吞掉了他
你看，才这么一会儿
过去的岁月尽了
一切将从头再来

2018

诗人

多记住些恩情

在生与死的话题上

看淡一些

它们在诗的面前

有时不够大

不够粗

甚至不够细腻

2018

8 月 15 日

东罗马帝国在这一天

击败疯狂的天主教徒

收回了君士坦丁堡

中美洲阿兹特克帝国

这一天灭亡

八国联军这一天进入北京

热衷于卖官干政的珍妃

被太监塞进了井里

巴拿马运河通航

日本天皇裕仁广播《停战诏书》

……

2018 年

近五十年不遇的炎夏

终于被一场雨送上了断头台

2018

| 我们自己的妈妈 |

水牛

妈妈爱洗衣裳。有时未经家人同意，就把衣服都给洗了，引起全家抗议。

妈妈有时会因为某件事不高兴，偶尔会生气得哭。她会跟我说："妈妈这辈子浪费了不少水。以后等妈妈不在人世了，你烧纸的时候，一定要给妈妈烧几头水牛。"

2014

幸运

"你今天早上吃五个大枣吗？"中午，妈妈问我。

"没有。"

"那现在给你拿五个吃。"

"好吧……可是……为什么要吃五个？"

"因为'五'是你的幸运数字。"

2014

黑人、白人、猫和狗

"我好像还没见过黑人抱着猫的照片。"
我自言自语，说出自己的困惑

"黑人不养猫，他们得给白人干活。"
妈妈的话把我说乐了，同时也把话题的时间
前移了一百五十年左右。

"那白人给谁干活呢？"我笑着问。
"他们给狗干……那些大狗、宠物。"

2015

轻视

悠扬的古筝声里，电视在放介绍某个画家的专题片。

"我上大学那年，这个画家才出生。"妈妈说。

"我应该算他奶奶辈吧？"妈妈问我。

"他拿笔的姿势不对呀……"妈妈盯着屏幕，挑剔起来了。

2015

出洞

妈妈："到了晚上八点我就出动了。"
我："？"

妈妈："我是说到了晚上八点我就出洞了。"
妈妈属蛇，是晚上八点生的。

2015

真棒

去看妈妈，会不知不觉被她和常人不一样的行事思维惹得想发脾气。有时真就发了，有时感觉要气得昏过去，咬牙忍着，赶紧找个托词撤离。

那天又是这种情形。

我扶着手杖下台阶，努力让伤脚保持着平衡，向楼道大门走去。

妈妈在我身后关门时说了一句："孩子，你走得真棒。"

2015

儿子

有时候我突然想
打个电话给妈妈
和她说一下某件事

可拿起的电话
又悄悄放下了
——已是妈妈
睡着的时间了

2016

蜷着

扬沙天气，没法去妈妈家午休

我在办公楼的休息室找了一个靠墙的沙发，
打算躺一会儿

沙发略短，只能把腿蜷着。我想，这就是我
们当年

在母体里的姿势吧

2016

喜鹊

我从楼旁小路走，去妈妈家。远远看见一只半大喜鹊站在路上。

我走近，它跳了一跳，挪到墙边儿，叫了两声，侧过脑袋来半瞟着我，尖嘴微张着，像一只乌鸦。

我走得离它更近了。喜鹊 - 乌鸦一蹿，站上了窗子护栏的石棉瓦檐。

我继续走。现在我们越离越远了。它继续想它的事，我继续想我的。

我进门，再出门，都没来得及告诉妈妈："外面窗檐上有只喜鹊。"

2017

四十五岁以后

每一次因为这样那样的原因，
去跟妈妈说——

"今天或这两天不能来看您了……"

都感觉自己在做一件特别后悔的事。

2017

麻雀摄像头

我坐在副驾驶位子上，半闭着眼小憩。

听到妈妈在后排说："这个摄像头好玩儿，跟麻雀似的……"

我在想象里，找到了一只遥控器。一按。

整个城市的摄像头，都变成了大大小小的麻雀，飞了。

没剩下一只。

2018

少年喜鹊

它今天跳跃着穿行小路的速度尤其快。

远远望去，几乎看不出它在跳，而是踩在一个滚动着的轮子上，它在那只轮子上拼命蹬着。

可是，没有轮子呵！它脚底下是一条小路，是大地。

哦，大地，一只看不出弧度的巨大轮子。此刻正在喜鹊的脚下，缓慢滚动。

2018

圣子与圣母

不信奉圣子耶稣，你能说我们真的没有信仰吗？

就算世上所有的宗教都在眼前消失了，我们还有那些关于妈妈的传说。

孔子的妈妈、玛丽亚的妈妈、孟子的妈妈、岳飞的妈妈、马本斋的妈妈……

我们自己的妈妈。

2018

| 跋 |

我始终怀念早年那种动笔之前的"不确定"

我大学时油印的第一本诗集，叫《28首诗及序跋》。这么起名，明显受到了当时北岛翻译的《北欧现代诗选》中那些外国诗集名字的影响。转眼近30年过去，又一次坐在电脑前，给自己的诗选写跋，多少还是有一点感慨。

《黄昏前说起天才》是我最新的一本诗歌选集，兼顾了从写作早期到近年的各个阶段。其中，一部分是大家比较熟悉的作品，另一部分则是首次在纸本选集中面世。可以说，编选本书初稿时，我进入了另一种学习——像看待陌生人的作品一样，去重新检点自己非常熟悉的作品。

选诗的时候，想象的光标总会竭力移向写诗之初——在学生宿舍、在北师大图书馆，以及坐在天津的马路边在小本上记下诗句的那些日子。我甚至还能记起某一首诗背后的雨声、天光、市井嘈杂，乃至青春茫然。我为什么会写诗？首先是因为在我读过的所有书上，都不能找到完全符合我心声、心意的内容和表述，那就只好自己动手了。带着惶恐、怀疑……战战兢兢，开始写下

115

一行，再一行……

现在，多年过去，算是勉强加入"资深作者"的行列，每一次敲击键盘之前，显然比当年更清楚知道自己要表达什么，该怎么表达，也更知道在写完以后，该怎么对作品进行冷处理、修改和舍弃。但我始终怀念早年那种动笔之前的"不确定"。每一个发现，每一个酝酿和提炼出来的诗核，每一行字句，其实在一首诗最终宣告完成之前，都多多少少面临着发展的不确定性。为什么选择这样写而不是那样写？这看似简单的问题，其实涉及了一个作者对人生与世界的认识和对文字工作价值的判定，以及对自身缺点、惯性、美学愿景的认知。

当人生提供给一个作者的风景和素材越来越丰富，你能动用的想象和技术手法越来越复杂，如何应对好精神每一个阶段的挑战？真正能帮你的，或许并不完全是自信和从容，更多的，还是来自早年的那种战战兢兢、自我怀疑。这种创造上的赤子之心，才是岁月赋予一个作者的真正财富。

那么，谢谢您来读这些诗。也谢谢您在接下来的时光里，继续为我的工作与坚持，做一个见证。

最后，郑重感谢"磨铁读诗会"，感谢我的师弟——杰出的诗人、评论家和出版人沈浩波，感谢诗人里所、李柳杨以及"中国桂冠诗丛"编委会的所有朋友，没有他们的魄力、慧眼及辛勤付出，也就没有现在抵达大家面前的这本书。

徐江

2018|08|31

盘峰一代
——"中国桂冠诗丛"第三辑出版后记

　　磨铁读诗会"中国桂冠诗丛"前两辑，完全以诗人的出生年代为分辑依据，第一辑选择了五位出生于 20 世纪 50 年代的诗人：严力、王小龙、王小妮、欧阳昱、姚风；第二辑选择了五位出生于 1960 年到 1965 年的诗人：韩东、唐欣、杨黎、潘洗尘、阿吾。那么第三辑呢？当然该是出生于 1966 年到 1969 年的诗人。

　　不仅仅如此，我们还有另外一层考量。这一辑选入的四位诗人，还基于更强烈的历史意义和诗学意义——至少在这套"中国桂冠诗丛"中，他们可以被称为"盘峰一代"，并以此作为入选本辑的最重要依据。这四位诗人是：伊沙、侯马、徐江和宋晓贤。

　　在中国当代诗歌史上，"朦胧诗"和"第三代"的诗人是先驱者、启蒙者、发端者，普遍出生于 20 世纪 40 年代到 1965 年之间。1965 年以后出生的伊沙、侯马、徐江和宋晓贤，没有赶上 20 世纪 80 年代风起云涌的"第三代"诗歌运动，他们 1989 年大学毕业,迎面赶上的是文化保守主义盛行的 90 年代。海子之死引发了"麦地抒情",学院派用修辞学和知识分子写作的文化策略将"第三代"形成的先锋诗潮驱赶到边缘和地下。对于刚刚冲进来的年轻诗人们而言,在这样的环境中,如何还能保持活跃的、先锋的诗歌灵魂?如何将 80 年代形成的先锋美学向更大的可能、更开阔的空间和更深刻的方向推进?事实上,整个 90 年代,伊沙几乎是用孤军奋战的方式,在如同铁幕般的保守环境中,以尖锐的解构者形象,用一种全新的诗歌声音和他不分地上地下的疯狂投稿,硬生生撕开了一道先锋诗歌的新口子,并最终在 1999 年,等来了先锋诗歌力量在 20 世纪末"盘峰诗会"上的一次集结。他与"第三代"在 90 年代硕果仅存的领袖诗人于坚,以及自己的两位大学同学加诗歌战友徐江、侯马一起,在"盘峰诗会"的现场和会后数年,竖起了汉语先锋诗歌"民间立场"的旗帜。并在进入新世纪之后,与崛起于互联网、由 70 后诗人发起的"下半身诗歌运动",以及更多出生于 70、80 年代的年轻诗人们汇聚,借助互联网打破一切发表壁垒的传播方式,构成"民间立场"先锋诗歌阵营。

侯马和徐江的诗歌写作，发轫于 20 世纪 90 年代，成熟于新世纪第一个十年，壮硕于新世纪第二个十年，在这三十年中，他们始终是中国当代诗歌先锋阵营的中流砥柱。宋晓贤则是在 20 世纪 90 年代晚期，突然以若干首经典名作惊艳亮相，被"民间立场"阵营中不同美学势力同时接受和推举，并于"盘峰诗会"后在徐江的鼓动下加入论争。

"盘峰论争"发生于世纪交接的门槛上，是当代诗歌史上继"朦胧诗"论争后最为重要的一场诗歌论战，其所包含的诗学意义影响深远。前承 20 世纪 80 年代的"第三代"诗歌运动，后接新世纪诗歌美学高度开放的互联网时代。而伊沙、徐江、侯马、宋晓贤，正是跨越世纪的一代诗人，求学于 20 世纪 80 年代，成名于 90 年代，丰富于新世纪，他们身上埋藏着中国当代诗歌的诸多密码。宋晓贤 1984 年考入北京师范大学中文系，伊沙、徐江、侯马 1985 年考入北京师范大学中文系，但四人同时于 1989 年毕业，他们身上烙刻着时代的印记。20 世纪 90 年代，曾经在 80 年代中后期引领美学潮流的"第三代"口语诗歌一脉，被麦地抒情诗和学院派诗歌逼入民间。中国诗歌的先锋派们，在五花八门、层出不穷的民间诗歌报刊上艰难延展。其中，最有影响力的两份民刊是北京的《诗参考》和天津的《葵》，而伊沙、徐江、侯马、宋晓贤正是这两大民刊的最核心作者。2000 年，中国诗歌进入互联网时代，宣布了民刊时代的终结，从这个意义来说，"盘峰一代"也正是最后的"民刊一代"，继而，他们走向了新世纪，却始终保持了这种原初的、与先锋性相映照的"民间性"。什么是"民间"？就是"民刊"的那种民间，就是地下诗歌式的、反抗的、不屈的、不服从于任何美学体制的"民间"。

新世纪以来，伊沙的写作进入他生命力最旺盛的阶段，其人即其诗，其诗即其人，诗人合一，极大地推动了中国口语诗歌的发展，他始终是中国当代先锋诗歌中的现象级存在；侯马的写作，历经淬炼，在新世纪的第二个十年，经典迭出，树立了口语诗歌写作中经典化的写作范式。他和另一位口语诗人唐欣一起，为口语诗歌的经典化树立了美学榜样；徐江展现出越来越丰富多样的创作实绩，其诗歌中辽远的人文性和敏感的抒情性尤其显得独特而珍贵。他近乎蛮横地将当代诗歌分为"新诗"与"现代诗",直接形成了中国诗歌通往现代性之路上最本质的区分性定义;宋晓贤曾在广州参与创办南方口语诗歌流派"白诗歌",推进了南方诗歌的平民化,并在创作中不断力求写出追求心灵价值和真理的诗歌。

基于以上原因,磨铁读诗会"中国桂冠诗丛"第三辑,选择伊沙、侯马、徐江、宋晓贤四位诗人,以"盘峰一代"的身份,做一次富有历史意义的集结。

沈浩波

2021|01|22

图书在版编目（CIP）数据

黄昏前说起天才 / 徐江著. — 成都：四川文艺出版社，
2021.3

ISBN 978-7-5411-5738-7

Ⅰ.①黄… Ⅱ.①徐… Ⅲ.①诗集–中国–当代
Ⅳ.①I227

中国版本图书馆CIP数据核字（2021）第025835号

HUANGHUN QIAN SHUOQI TIANCAI

黄昏前说起天才

徐江　著

出品人	张庆宁
责任编辑	陈雪媛
特约监制	里　所
特约编辑	胡　超　李柳杨
封面设计	周伟伟
责任校对	汪　平

出版发行　四川文艺出版社（成都市槐树街2号）
网　　址　www.scwys.com
电　　话　028-86259287（发行部）　　028-86259303（编辑部）
传　　真　028-86259306

邮购地址　成都市槐树街2号四川文艺出版社邮购部　610031
印　　刷　河北鹏润印刷有限公司
成品尺寸　126mm×198mm　　　开　　本　32开
印　　张　4.25　　　　　　　　字　　数　110千
版　　次　2021年3月第一版　　印　　次　2021年3月第一次印刷
书　　号　ISBN 978-7-5411-5738-7
定　　价　42.00元